K. H. WAGGERL / LIEBE DINGE

Früchte und Samen 1954

KARL HEINRICH WAGGERL

# LIEBE DINGE

MINIATUREN

OTTO MÜLLER VERLAG SALZBURG

*29. Auflage*
*361.–382. Tausend*

Aquarelle von K. H. Waggerl
Gestaltung der 12 mehrfarbigen Tafeln von Robert Wöber
Einband von akad. Maler Karl Weiser
Druck und Bindung: Wiener Verlag, Himberg bei Wien

MEIN TISCH war das erste Stück Hausrat, das ich erwarb, als ich mich in jungen Jahren entschlossen hatte, seßhaft und ein gesitteter Mensch zu werden. Von nun an, dachte ich, muß dein Dasein eine feste Mitte haben, eben diesen Tisch. Du wirst mit Anstand daran sitzen, um dein Brot zu essen, und wenn du nichts zu kauen hast, kannst du wenigstens die Ellbogen darauf stützen und deine Sorgen überdenken. Haus und Hof wirst du ja doch nie gewinnen, aber dieses kleine Geviert ist so gut wie ein Stück Land. Du wirst deine Gedanken hineinsäen, und der Himmel wird sie verderben oder reifen lassen, wie sonst die Saat auf einem Acker. Es werden nur geringe Gedanken sein, das soll dich wenig kümmern. Großen Geistern ziemt es zwar, sich in große Ideen zu kleiden, aber schließlich leben auch sie wie unsereins vom täglichen Brot der kleinen Einfälle. Und was immer du tust, das

Rechte wie das Schlechte, es geht seine eigenen Wege.
So war es dann auch, und so ist es geblieben. Freilich, wenn ich mich an meinen Tisch setze, muß ich ihn zuerst mit einem passend gefalteten Brief ins Gleichgewicht bringen, weil jeden Tag ein anderes von seinen vier Beinen ein wenig kürzer ist. Unten, in der Fußleiste, hat er einen Wurm sitzen, der streut seit Jahr und Tag kleine Häufchen von gelbem Holzmehl auf den Boden, unermüdlich, es muß ein Geschäft für die Ewigkeit sein, einen Tisch aufzuzehren. Auch die Platte ist nicht mehr ganz eben, unzählige Mägde haben runde Astknoten aus dem beinharten Holz gescheuert, und das ärgert mich manchmal bei der Arbeit, ich kann nicht wie der liebe Gott über Berg und Tal schreiben. Irgendwann einmal muß wohl ein verliebter Mensch an meinem Tisch gesessen haben, der schnitzte ein A und ein M hinein, und ein Herz dazu, aber nur ein halbes. Vielleicht war das Messer zuwenig scharf oder die Liebe nicht groß genug.
Wunderlich, daß ich mich von jeher nur

unter altem Gerümpel wohl gefühlt habe. Woran mag das liegen? Grob gesagt, ich lebe überhaupt weit lieber mit Dingen als mit Menschen. Jedes ist ein Wunder für mich, denn jedes ist nur reine Gestalt, weiter nichts. Der Sinn seines Daseins ist, ganz einfach dazusein. Freilich kann auch ein Ding sozusagen in Sünden fallen, aber daran ist immer nur der Zweck schuld, den wir ihm aufbürden. Das ist es ja auch, was unser eigenes Tun verdirbt, denn schuldlos kann nur das Zwecklose sein. Der Mensch allein ist fähig, sein wahres Wesen zu verbergen, und er ist ja auch das einzige Geschöpf, das es nötig hat. Es wäre unmöglich, zu leben, wenn es möglich wäre, daß einen jemand wirklich kennt. Ich gebe zu, das alles mag nur gleichnisweise richtig sein, ohne tieferen Zusammenhang. Aber wenn eines gar nichts mit dem anderen zu tun hat, dann ist mir das immer doppelt verdächtig.

Verdächtig auch, daß mein Herz so sehr an alten Dingen hängt. Liegt es daran, daß jedes von diesen Dingen nur einmal in der Welt vorhanden ist? Meinem Tisch zu begegnen war ein Glücksfall, unwahrscheinlich wie der, daß man unter tausend Leuten einen Menschen findet. Ich meine auch zu wissen, wie der Mann beschaffen war, der vor langen Jahren zu einem Meister ging und sagte: „Du sollst mir einen Tisch machen. Mach ihn so breit, daß ich eben noch hinüberlangen und meine Hand auf eine andere legen kann. Das Maß für die Höhe nimm von mir; wenn ich schon nicht immer aufrecht stehen darf, an meinem Tisch will ich aufrecht sitzen. Die Beine kannst du ein wenig abdrehen, des Ansehens halber, aber mach eine Trittleiste unten herum, damit es kein Gescharre auf dem Boden gibt, das haben die Weiber nicht gern. Ja, und unter die Platte zimmerst du mir eine Lade für das Brot und das Messer."

Der Meister machte es dann so, er tat noch ein übriges und strich das Gestell und den Kranz mit guter Farbe, und auf das Stirnbrett der Lade malte er ein heiliges Zeichen, den Namen dessen, der das Brot gibt. Inzwischen sind freilich seine Malerkünste unter dem Putzlappen der

Frauenzimmer dahingegangen. Die werden ja sogar Gottes Thron bis auf das Holz blank reiben, wenn sie dereinst alle im Himmel sind.

Einmal hatte ich einen Freund zu Gast, dem gefiel mein Tisch so sehr, daß er beschloß, ihn nachmachen zu lassen. Er habe zwanzig Häuser in einer Reihe gebaut, sagte er, das erste haargenau wie das letzte, so daß die Inwohner das ihre nur wiederfinden konnten, solang sie ganz nüchtern waren. Also müßte es doch seltsam zugehen, wenn es nicht gelänge, dieses grobschlächtige Möbelstück ein zweites Mal in die Welt zu setzen. Einen Abend lang krochen wir unter dem Tisch herum und maßen und zirkelten und zeichneten alles getreu auf das Reißbrett. Aber nach Wochen, als der neue Tisch aus der Werkstatt kam, stand der Freund davor und schüttelte den Kopf. Was denn, wir krochen abermals unter den Tisch, um zu messen und zu zirkeln. Kein Zweifel, alles haargenau und richtig. Auch das Herz hatte der Meister hineingeschnitten, sogar ein ganzes, der Ordnung halber. Es war

wirklich der gleiche Tisch, nur eben bei weitem nicht derselbe.
Nun, wir setzten uns dann doch wieder an den alten. Ich holte zum Trost eine Flasche aus dem Keller, weißen Wein, köstlich im Glas, und schwarzes Brot und Nüsse. Wir schwiegen gesprächig, und alles war gut.

MEIN STEIN gehört mir gar nicht, er ist Eigentum des lieben Gottes oder der Regierung, ich weiß nicht, wessen. Sicher ist nur, daß sich außer IHM, der ihn erschuf, und mir, der ihn entdeckte, noch nie jemand um diesen Stein gekümmert hat. Nur die Fuhrleute verfluchen ihn manchmal, weil sie mit der Radkappe hängenbleiben, wenn sie einen Wagen voll Langholz um die Ecke fahren wollen. Gäbe es dort keinen Stein, dann müßten sie gar nicht um die Ecke fahren, aber was soll man machen, da liegt er eben seit hunderttausend Jahren, nach meiner Schätzung.

Er ist kein Hiesiger. In grauer Vorzeit ließ er sich von den Gletschern aus dem Urgebirge hiehertragen und setzte sich am Kreuzwechsel der Bären und Wölfe fest, mit dem lästigen Eigensinn aller Zugereisten. Von Zeit zu Zeit besuche ich ihn, wie einen Freund, der mit dem Alter ein bißchen wunderlich geworden ist. Er duldet meine Gesellschaft arglos, ich aber trage mich mit hinterhältigen Plänen, er darf nicht merken, was ich eigentlich mit ihm vorhabe. Seit Jahren träume ich nämlich davon, den alten Burschen auszugraben und in meinen Garten zu wälzen. Die Schwierigkeit liegt zunächst darin, daß ich nicht dahinterkommen kann, wie groß er eigentlich ist. Er zeigt mir nur seinen grauhäutigen Schädel und eines von seinen listigen Augen aus weißem Quarz; leicht möglich, daß er unterhalb die Maße eines Elefanten hat. Natürlich könnte ich mit Krampen und Schaufel ausrücken, in der Morgenfrühe, wenn noch niemand um die Wege wäre. Aber es ist ja immer jemand unterwegs, ein neugieriger Nachbar. Der fände die Sache verdächtig, als wollte ich da heimlich eine Kindsleiche begraben, und deshalb müßte ich ihm mein Vorhaben erklären. Daraufhin liefe der Nachbar zum Pfarrer, wohin denn sonst? Der alte Herr überdächte das Ganze sorgsam und spräche bei Gelegenheit mit dem Vorstand, ob es etwa geraten sei, den Wachtmeister zu verständigen. Erst die-

ser Mann der Ordnung fände dann die richtige Lösung. Er würde den Doktor zu mir schicken, damit er mir an das Knie klopfte und ein wenig herumfragte, was das Trinken betrifft oder gewisse Vorkommnisse in meiner Verwandtschaft. Denn meinesgleichen muß dem Gemeinwesen unheimlich sein, ein Mensch, der Steine in seinen Garten schleppen will, während sich doch vernünftige Leute Jahr und Tag damit abmühen, sie hinauszuschaffen.

Lange habe ich überlegt, ob ich etwa eine Eingabe an die Obrigkeit richten könnte, ein Gesuch um Verleihung dieses Feldsteines. Hohe Regierung, würde ich schreiben und dann mein Anliegen in vorsichtigen Worten auseinandersetzen. Wie ich die Jahre hindurch schlecht und recht gelebt und den Zins für mein Dasein entrichtet hätte, ohne lauter als heimlich zu murren. Gewiß sei das nur meine Pflicht gewesen, besondere Verdienste könne ich durchaus nicht vorweisen. Meine Bitte ginge also rundweg dahin, mir ohne jeden Grund, sozusagen gnadenhalber, aus öffentlichen

Mitteln einen Stein zu schenken. Dies in völliger Ergebenheit.
Die Obrigkeit müßte dann einen Ausschuß ernennen und in das Dorf schicken, sachverständige Leute, die mancherlei zu bestimmen und zu klären hätten, Maß und Gewicht des Steines und seinen Wert für Wissenschaft und Handel. Es wäre auch die Möglichkeit zu erwägen, daß seine Entfernung etwa das Bild der Landschaft nachteilig verändern könnte. Und wenn sich das alles zu meinen Gunsten entschiede, bliebe noch immer die schwierigste Frage offen, die nämlich, wozu ich den Stein überhaupt brauchte.
Das aber wüßte ich nicht. Um ihn zu haben. Um ihn unter meiner Birke liegen zu haben, zwischen den Haselbüschen, gewärmt von der Sonne, gebadet vom Regen, mit Moos und Efeu schön begrünt, einen uralten, mächtigen, ehrwürdigen Stein. Um Erde in seine Spalten zu streuen und Gräser darin wachsen zu lassen. Um abends und morgens hinzugehen und mit der Hand über sein rauhes Gesicht zu streichen. Die Vögel würden auf ihm

sitzen und singen, ich selber nicht mehr. Denn die Jahre sind hingegangen; ihm hat es nichts ausgemacht, aber ich bin alt geworden. Ich gehe krumm, wenn ich zu lang auf einem Stein sitze.
Ach, was für Sorgen, liebe Leute! Es ist recht schwierig, ein Narr zu sein, wenn es niemand merken soll!

Mein Hund war ein winzig kleines Ding, als ich ihn nach Hause brachte; es sollte ein Pudel daraus werden, sagte man mir. Dem Stammbaum nach konnten seine Ahnen schon die Türken vor Wien verbellt haben, und auch in seinem Äußeren erinnerte mich einiges an die Tracht der Kavaliere in jener Zeit. Aber sonst sah er nicht nach altem Adel aus, eher wie eines von diesen schwarzen Kutscherhündchen, wie sie die Fuhrleute früher auf dem Blochwagen hatten, etwas ungemein Geschwindes und Lautes, ein Geschöpf aus durchdringendem Lärm und undurchdringlicher Wolle. Nach meiner Erfahrung bedienen sich die Mächte des Schicksals gern harmloser Geschenke, wenn sie dem Menschen ein unabsehbares Verhängnis ins Leben schmuggeln wollen, und deshalb hätte mir auch dieses Angebinde verdächtig sein müssen. Aber es war ja ein Hund, ein beseeltes Wesen also. Ich dachte, daß er mir zu einem

Freund heranwachsen konnte, wenn ich mir ein wenig Mühe gäbe, zu einem fröhlichen Gefährten, und dann würde ich nicht wieder einsam sein, nur noch allein mit ihm auf meinen Wegen. Warum sollten wir nicht voneinander lernen? Die riechbare Welt scheint mir weit verläßlicher zu sein als die bloß sichtbare, und anderseits gibt es auch wieder Rätsel, die man nicht lösen kann, indem man einfach die Nase hineinsteckt.

Nun, der Hund wuchs heran, so weit ein Pudel zu wachsen hat. Manches in seiner Natur gab mir zu denken, eine gewisse Kargheit im Umgang, aber das schrieb ich seiner vornehmen und meiner geringen Herkunft zu. Schließlich wollte ich ja kein unterwürfiges Schweifwedeln um mich haben, einen Hund, der gleichsam immerfort lächelt wie gewisse Leute, nur eben am anderen Ende. Als er mir zum erstenmal die Zähne zeigte, nahm ich das nicht ernst. Ich kraute seinen Kopf und lachte ihn aus, und plötzlich biß er mich scharf ins Handgelenk.

Ich saß da unter einem Baum, das Blut

tropfte ins Moos, und ich wartete auf meinen Zorn. Jedoch, der Zorn kam nicht, nur Traurigkeit und hilflose Bestürzung. Natürlich hätte ich sofort etwas Entscheidendes tun müssen, mit der Peitsche oder mit einem Schuß Pulver. Damit wäre die Sache zwar erledigt, aber nicht geklärt worden. Ich wußte ja und sah es täglich, wie gutartig der Hund eigentlich war; er tat wirklich niemandem etwas zuleide, außer seinem Herrn. Nie schnappte er nach einer Fliege, er zerbiß keinen Schmetterling, und wenn ein Maulwurf über die Straße flüchtete, schob er ihn nur mit der Nase vor sich her und setzte sich zurecht, um zuzuschauen, wie dieses quietschende Ding eilig wieder in der Erde verschwand.

Nein, ich ließ es gut sein, und seitdem leben wir nebeneinander und vertragen uns leidlich. Ich habe mir hilfsweise die Erklärung zurechtgelegt, daß dieses Wesen zu mir geschickt wurde, um einen Auftrag zu erfüllen. Vielleicht ist es so, daß ich in einem früheren Leben jemand wie einen Hund behandelt habe, und nun behandelt er mich seinerseits, wie es solch ein Mensch verdient. Ich finde diese Auslegung durchaus glaubwürdig, denn wäre mein Hund wirklich ein Hund, dann müßte die Wissenschaft irren in allem, was sie über die Seele des Hundes zu sagen hat. Ein schaudervoller Gedanke nebenbei, daß ein kleiner Hund ein Dutzend großer Gelehrter widerlegen könne!

Aus gewissen Umständen ist zu schließen, daß mein Pudel ehedem ein recht wunderlicher Mensch gewesen sein muß, von einer aufreizenden Betulichkeit, wie sie manchmal Leuten eigen ist, die bessere Tage gesehen haben. Anfangs fraß er so gut wie nichts, bis sich zufällig ergab, daß er aus vier weißen Schüsseln zu speisen wünscht und daß dieses Gedeck auf einem Tafeltuch aus Sackleinen stehen muß. Was er in den Schüsseln findet, ist ihm gleichgültig, aber wenn nur eine fehlte, fräße er nicht einmal gebackenes Huhn oder sonst eine Leckerei, die mein eigenes Benehmen sofort ins Wanken brächte.

Das Deutsche scheint mein Hund nicht zu verstehen oder doch nur ein besseres als meines. Vermutlich spreche ich für ihn eine lautlose und genaue Sprache der Mienen und Gebärden, mir selber fremd. Er weiß jedenfalls immer, was ich tun will, um dann tun zu können, was er will.

Der Himmel wird bestimmen, wie lange ich für meine dunklen Untaten zu büßen habe. Es ist wahrhaftig eine Prüfung, wenn mein schlechtes Gewissen sozusagen auf eigenen vier Beinen neben mir her läuft. Jetzt wird mein Hund bald sechs Jahre alt, ebensolang kann er leicht noch leben, aber welche Spanne mag mir zugemessen sein? Möglich, daß er mich auch darin übertrifft. Dann bin ich sicher, daß wenigstens ein schwarzer Pudel in meinem letzten Geleit nicht fehlen wird, ein nobler Gegner, vielleicht endlich versöhnt und aus dem Bann gelöst. Auch er.

MEIN BETT ist ein riesiges Gehäuse, ein Viermaster mit hohen Aufbauten an Bug und Heck, ein gutes Schiff auf dem dunklen Wasser des Schlafes, den bauchigen Karavellen vergleichbar, mit denen einst die spanischen Waghälse die Weltmeere befuhren.

Ich habe dieses Bett von meiner Tante geerbt, sie war Bräuwirtin im oberen Pinzgau. Gott hat sie längst selig, hoffe ich, obwohl es ihm schwerfallen mag, denn die Tante wird kein sehr fügsamer Gast im Himmel sein. In jungen Jahren verbrachte ich manchmal etliche Ferienwochen in ihrem Haus, damit ich bei Rauchfleisch und braunem Bier ein wenig Speck ansetzte. „Der Verstand sitzt auch beim Menschen nicht im Kopf", sagte die Tante, „sondern im Speck, denn Speck macht schlau."

Sie war selber ein stattliches Weibsbild, damals freilich schon alt und von der Gicht geplagt. Sie konnte sich nicht mehr legen, lieber saß sie des Nachts in einem

Lehnstuhl dem Bett gegenüber, das immer schon frisch aufgeschüttelt für mich bereitstand, wenn sie mich abends in ihre getäfelte Stube rief. Ich mußte dann noch eine Weile bei ihr sitzen, und während sie behaglich ihr Schlafbier aus dem Steinkrug trank, wollte sie von mir hören, wie die Dinge dieser Welt lateinisch hießen, die Geldtruhe, auf der ich hockte, der Spucknapf oder die Bettbank mit dem Wachslicht darauf. Ich wagte nie zu gestehen, daß ich kein Latein verstand, aber die Tante war ja ohnehin mit dem zufrieden, was ich aus dem Meßgesang des Pfarrers entlieh. Wenn sie endlich müde war, hatte ich den Rest des Bieres aus dem Fenster zu schütten und das Licht zu löschen. Sonst mußte das eine Magd besorgen, die in der Oberstube schlief, ein schwerfälliger Trampel, mit dem die Tante nie ein gelehrtes Gespräch führen konnte. Im Dunkeln schlüpfte ich aus den Hosen, und dann verschwand ich in einem riesigen Berg von Kissen und Deckbetten.

Es war köstlich, in diesem Bett zu schlafen. Ich hörte den lauten Atem der Tante, bisweilen schnarchte sie gewaltig, erwachte davon und schalt sich selber aus. Alle Fenster standen weit offen, man sah den Kirchturm schwarz im schwarzen Himmel stehen und die Sterne um ihn her. Jedes Geräusch war gleichsam von Stille umgeben und überaus deutlich, ein Gaul schnaubte drüben in den Ställen, eine Kuh rasselte mit der Kette, wenn sie sich niedertat. Einmal belauschte ich lang einen Dieb, der unten an den Fenstern herumtappte, ob er eines offen fände. Aber die Tante verbot mir, Lärm zu schlagen. Wenn da einer stehlen wolle, sagte sie, sei es seine Sache, Gott werde ihn wohl dafür zu strafen wissen. Es war ja auch gar kein Dieb gewesen, sondern der Jungknecht, aber die Tante wollte mir nicht erklären, warum der durch ein Fenster statt durch die Tür nach Hause kam.

Mitunter zog des Nachts ein Unwetter auf. Der Regen rauschte mächtig in den Bäumen, das Licht der Blitze fuhr herein und der Donner hinterher, als bräche das Haus zusammen. Die Tante rief dann der Reihe nach alle Heiligen an, und ich antwortete ihr mit einem Ora pro nobis, aber mir war gar nicht bang, ich fühlte mich unsäglich wohlgeborgen. Konnte ein Blitz durch zwei Ellen Federn schlagen? Nichts von Ungewitter unter meiner Decke. Ich ließ meine Hand auf zwei Fingern umherwandern, in einer weitläufigen Landschaft, mein Bauch war ein sanfter Hügel, die Beine zwei steile Berge, auf denen der Leintuchhimmel ruhte, und dann flog die Hand auf wie ein großer Vogel und schwebte über Schluchten und Tälern, sie hatte es gut in dieser warmen Gegend.

Oft weckte mich die Tante, indem sie ihren Stock auf den Boden stieß. Dann mußte ich eilig aufstehen, um ihren kranken Fuß auf dem Schemel zurechtzurükken. Dafür erhielt ich jedesmal sofort einen blanken Sechser in die Hand gedrückt; ein schöner Nebenverdienst, besonders wenn das Wetter umschlug. Es geschah aber auch, daß die Tante sich vergaß und gegen die Decke statt auf den Boden klopfte. Daraufhin erschien nach einer Weile die Magd im Hemd, mit einem Talglicht in Händen. Die Tante warf den

Stock nach ihr und scheuchte sie wieder hinaus.
Man hat mir erzählt, daß es vor undenklichen Zeiten einmal zwei Betten von gleichen Maßen gegeben habe. Als es mit dem alten Bräuwirt zu Ende ging, trug er seiner längst mannbaren Tochter auf, sich endlich zu verheiraten. Bierbrauen sei kein Weibergeschäft, sagte er, verdammt noch einmal. An Bewerbern war kein Mangel. Die Tante wählte schließlich einen Kerl aus der Nachbarschaft, jung und tüchtig, aber auch wieder nicht zu tüchtig, das Regiment wollte sie selber behalten. Es wurde eine fürstliche Hochzeit zugerichtet. In der Nacht vorher betrank sich der Bräutigam, was zu begreifen ist. Er war ja einem ausziehenden Krieger vergleichbar, den die Gefährten einem ganz ungewissen Schicksal überlassen mußten. Am Morgen in der Kirche war er nur noch so weit bei Trost, daß er mit Mühe ja und amen sagen konnte, und nachher setzte er sich gleich wieder zu den Seinen in die Bierstube. Vier Zechgenossen trugen ihn abends zur passen-

den Zeit in die Brautkammer und legten ihn in das Bett, nicht ohne der Braut im anderen Glück und Segen zu wünschen.
Das wenigstens hätten sie unterlassen sollen. Die Tante erhob sich und ließ sogleich einen Brückenwagen anspannen. Dann mußten die Knechte das Bett mit dem scheintoten Bräutigam hinunterschaffen und auf den Wagen heben. Sie selber schwang sich auf den Bock, um ihn über Land bis vor sein Vaterhaus zu fahren. Dort stellten ihn die Leute auf die Straße hin, die Tante schellte einmal am Tor und ließ die Gäule gelassen wieder heimwärts traben. Ihr Angetrauter kann nie wieder in das Bräuhaus zurück. Nicht einmal die Hunde hätten ihn noch kennen mögen.
Gott habe sie selig, sagte ich. Die Tante dachte an mich, als sie hinüberging, viel mehr als ihre Liegestatt hatte sie am Ende nicht zu vererben. Ich mußte mich inzwischen niedriger betten, aber meine Gäste genießen es immer noch, wenn ich sie, schwer vom Wein, über die kurze Treppe hinauf in das Traumschiff klettern lasse. Ganz zuletzt möchte ich wohl selber wie-

der darin liegen. Immer habe ich es schön und bedeutsam gefunden, daß gewisse alte Völker ihre Toten wie Schlafende zur Ruhe legten. Ich wünschte sehr, ich hätte jemand, der mich auf die gute Seite legt, wenn es soweit ist, der mir die gefalteten Hände unter die Wange schiebt und die Decke sorgsam heraufzieht, damit ich nicht frieren muß in der endlosen Nacht.

Mein Gespenst ist ein überaus empfindsames Wesen, ein sehr scheuer Geist, keiner von denen, die durch die Kamine heulen oder ihren Kopf vor sich her rollen lassen; mit derlei abgeschmackten Roheiten hat es mich nie belästigt. Jahrelang lebte ich in meinem Haus, ohne zu ahnen, daß ich ein Gespenst besaß, ein weniger scharfer Beobachter wäre ihm wohl überhaupt nie auf die Spur gekommen. Anfangs fragte ich vorsichtig im Dorf herum, ob etwa irgendwo ein Spuk abgängig sei, aber nein, niemand vermißte etwas dergleichen. Nur der Schuster erzählte mir, einmal habe er ein Gespenst auf dem Brückengeländer sitzend angetroffen, nachts und bei Vollmond. Als er ein Kreuz schlug, rührte es sich nicht. Dann versuchte er, es mit dem Stecken herunterzuangeln, worauf es in die Luft fuhr und ihm den Hut vom Kopf wischte — eine alberne Geschichte. „Du warst betrunken", sagte ich. „Das auch", sagte der Schuster.

Gut, aber wie kommt es, daß ich als einziger in der Gegend einen Geist beherbergen muß? Hatte er etwa schon immer da gehaust, als noch Gras und Sauerdorn auf meinem Hügel wuchsen? Und später, als das Haus gebaut wurde, zog er eben mit hinein und blieb ein unaufdringlicher Gast bis auf meine Tage.
Nein, eher wollte ich einen Zauberer verdächtigen, den ich einmal vor geraumer Zeit über Nacht ins Quartier nahm. Er gab damals eine Vorstellung im Dorf, aber der Besuch war schlecht, und die wenigen Zuschauer fanden auch keinen Gefallen an seiner Kunst, weil er die Goldstücke und Uhren ja nur aus ihren Taschen herausholte, statt sie hineinzuzaubern. Hinterher kam ich ins Gespräch mit dem Mann; ich fand es ein wenig kümmerlich bei einem Schwarzkünstler, daß er so sorgenvoll seine Groschen überzählte und ständig etwas von einer Wurst vor sich hin murmelte, einer warmen Wurst, die doch wenigstens hätte herausspringen können. Aber er saß dann doch zufrieden bei mir in der Stube, wir löffelten unsere

Brotsuppe, und er mühte sich noch die halbe Nacht damit ab, mir das Zaubern beizubringen. Es half leider nichts, weder Geduld noch Eifer, meine Finger waren zu langsam. Ich habe ja auch das Klavierspiel nicht erlernen können. Vier Jahre lang übte ich Tonleitern, und immer noch kam der Daumen zu spät.
Am Morgen war der Zauberer verschwunden. Etliches hat er mitgenommen, auch eines von meinen beiden Hemden, das zum Trocknen auf dem Dachboden hing. Anderes ließ er zurück, ein zerfranstes Spiel Karten, in sein eigenes Hemd gewickelt, und vermutlich dieses Gespenst. Es war ihm lästig geworden, oder er wollte sich ein jüngeres zulegen. Für mein Geschäft, dachte er wohl, sei auch ein minder wendiger Geist noch zu brauchen.
Ich habe ihm seine Hinterlist längst verziehen. Es beschäftigt mich aber die Frage, ob ich etwa verpflichtet bin, einen sorgfältigen Bericht über mein Gespenst zu liefern. In unzähligen Büchern habe ich fleißig nachgeforscht und konnte doch nir-

gends ein Beispiel für einen Geist finden, der sich niemals antreffen ließ. An sich wäre das keine Schwierigkeit für mich, ich habe mancherlei genau geschildert, was ich nie gesehen habe, aber hier drehte es sich um den schlüssigen Beweis dafür, daß etwas vorhanden sein kann, was allem Anschein nach nicht vorhanden ist.

Mit Sicherheit weiß ich nur zu sagen, daß mein Gespenst weiblicher Natur sein muß. Es liest zum Beispiel gern meine Briefe, solche, die ich verstecken möchte, und andere, die ich als Köder hinlege. Sogar ein zerrissenes Blatt hat es einmal aus dem Papierkorb gefischt und, sorgfältig zusammengeklebt, wieder auf den Schreibtisch gelegt, ein mißratenes Gedicht. Natürlich habe ich sofort scharfe Verhöre im Haus angestellt. Von mißratenen Versen wußte jedermann, aber niemand von zerrissenen.

Es ist ein lautloses Walten, was meinen Eigensinn allmählich zermürbt, ein nachdrückliches Streben nach Sauberkeit und nach einer Ordnung, die nicht die meine ist. Seit langem sammle ich Schnecken, nicht nur, weil sie eine Art von Wild sind, das auch ich noch zu erjagen vermag, sondern weil manche ihre Gehäuse so hübsch verzieren, mit einer unglaublichen Fülle von Einfällen; die Kenner werden mich verstehen. Ich lasse dann die Schnecken über das Fließpapier auf meinem Schreibtisch kriechen, um ihre Geschwindigkeit ein wenig zu bremsen, während ich sie male. Aber manchmal geschieht irgend etwas Aufregendes vor dem Fenster, so daß ich eilig hinauslaufen muß, und wenn ich zurückkomme, hat das Gespenst die Schnecken weggeräumt. Ich suche überall nach ihnen, unter Schrank und Bank, zuletzt tobe ich durch das ganze Haus, vergeblich. Erst später, wenn sich mein Zorn längst erschöpft hat, sind die Schnecken plötzlich wieder da, freilich nur die gewöhnlichen, die wir zu Tausenden im Garten haben.

Auf vielerlei Wegen versuche ich, das Gespenst endlich in eine Falle zu locken. Mein Schreibtisch hat eine Reihe von kleinen offenen Fächern, in denen ich mein Spielzeug verwahre. Jeden Morgen muß ich diese Dinge von neuem ordnen, weil sie das Gespenst über Nacht nach seinem Geschmack durcheinandergebracht hat. Ein Forscher, überlegte ich, darf auch vor dem Unsinn nicht zurückschrecken, oft genug erwies sich in der Wissenschaft das Verkehrte als das Richtige. Also stellte ich eine gespannte Mausefalle in eines der Fächer und davor mein silbernes Pferdchen als Köder. Das Ergebnis war furchtbar, ein Unglück, das mich tagelang bedrückte. Ich hatte nicht das Gespenst, sondern tatsächlich eine Maus gefangen. Da lag die Ermordete, winzig klein und seidig-braun, mit einem Tröpfchen Blut auf der Nase.

Begreiflich, daß ich seither vorsichtiger zu Werke gehe. Ich kann deshalb auch noch immer nichts Durchschlagendes an Beweismitteln vorzeigen und muß es hinnehmen, wenn wohlmeinende Freunde sagen, mein Hausgespenst sei in Wahrheit ein Hirngespinst — sonderbar, daß mein sonst eher nüchterner Kopf solchen Einbildungen erliegen könnte!

Es ist richtig, früher glaubte ich, sehr genau zu wissen, was Einbildung sei und was Wirklichkeit. Aber jetzt springe ich nicht mehr so sorglos über Gottes Zäune. Auch wer nichts glaubt, muß durchaus nicht alles leugnen.

MEIN FISCH war der Herr eines tiefen grünen Wassers, als ich ihm zum erstenmal begegnete, die Herrin eigentlich, eine Forelle. Damals ging ich oft mit der Angelrute den Mühlbach hinauf, es ist das ein schnelles Wasser in einer kühlen Schlucht, nicht weit von meinem Haus. Seitlich in den Erlen, eingesunken in Moos und Farn, stehen die Mühlen der Bauern, jede mit einem eigenen dünnen Wasserfaden im tropfenden Gerinne, auch heute noch, obwohl die Mahlgänge längst verrottet sind. Es klapperte emsig in der grünen Einschicht, ich mochte das gern, dieses gemütliche Klopfen und die blanken Wasserschnüre, das Gesprühe und Geplätscher auf den Radschaufeln. Der Bach mühte sich dazwischen unverdrossen, an sein Ziel zu kommen, es ging ihm wie unsereinem auch, er grub und grub an seinem Weg und vergrößerte doch nur die Hindernisse. Ganz unten sammelte er

noch einmal seine Kraft in einem baumstarken Strahl, schoß über die letzte Felsenstufe hinaus und tauchte blasig schäumend in die grundlose Tiefe eines Tümpels.
Dort saß ich gewöhnlich am Ufer auf den angetauten Blöcken und übte meine Kunst. Ich ging auch noch den beruhigten Bach entlang bis zur Mündung und suchte das Widerwasser hinter den Steinen mit der Angel ab, jede Höhlung des Ufers, immer vergeblich. Nicht zu begreifen, warum sich hier kein Fisch entschließen wollte, mir auch nur den Köder von der Angel zu fressen.
Aber dann, an einem schwülen Mittag im Sommer, sah ich sie plötzlich, und ich erschrak so sehr, daß ich die Angel aus dem Wasser riß. Sie fuhr aus der Tiefe herauf, ihr nasser Rücken wölbte sich einen Augenblick über den Spiegel, moosgrün mit roten Tupfen, und dann verschwand sie wieder mit einem schnalzenden Schlag ihrer Schwanzflosse. Gott helfe mir zur Wahrheit, ein ungeheurer Fisch, gut eine Elle lang und so dick wie mein Arm. Nach

einer Weile steckte ich die Rute zusammen und ging weg. Es war ja unwürdig, dieser Forelle einen gewöhnlichen Wurmhaken anzubieten, und mit meinem schwachen Zeug hätte ich sie auch gar nicht landen können.

Aber es ließ mir keine Ruhe mehr, ich träumte von diesem Fisch. Einen Tag um den anderen schlich ich zum Wasser, widerstrebend zwar und doch zugleich voll drängender Begierde, meiner heimlichen Freundin die Gefahr anzubieten. Sie kam auch fast immer wieder, zog ungescheut einen Kreis um den Rand des Tümpels, schoß weg, wenn ich mich rührte, und einmal sprang sie sogar, sie spreizte die Kiemen in der Luft, und ich sah ihr rotes Blut dahinter leuchten. Natürlich war sie ein gefährlicher Schadfisch, ein erbarmungsloser Räuber, ich hätte sie dem Pächter melden müssen. Das tat ich nicht, sondern ich fuhr in die Stadt und kaufte für sündhaftes Geld einen Blinker, kunstvoll aus Messing und Perlmutter gemacht, ein köstliches Geschmeide, das am passenden Ort für mich selber eine Verlockung hätte sein können. Und nun hatten wir ein aufregendes Spiel miteinander. Ich warf den Blinker und ließ ihn handtief durch das Wasser spinnen, die Schnur leicht zwischen den Fingern. Alsbald erschien die Freundin; sie stieg und tauchte, stand reglos und wendete und zeigte mir das Weiße ihres Leibes. Manchmal erschreckte sie mich, indem sie unversehens von weither auf den Blinker zuschoß; das Herz stockte mir bei dem Gedanken, sie könnte die Angel wirklich annehmen — was dann? Möglich, daß es mir glückte, sie rechtzeitig anzuschlagen, es wäre wunderbar gewesen, sie kämpfen zu sehen, sie zu bändigen, ihr geschmeidiges Leben in den Händen zu halten. Ein wenig Angst hätte sie wohl spüren dürfen, ehe ich ihr die Freiheit wiedergab. Aber solch ein Fisch biß ja nicht zu, der schluckte einfach, was ihm vor das Maul kam, und so, mit dem Blinker im Leib, hätte ich ihn töten müssen.

Einmal, völlig verwirrt, streifte ich Hemd und Hosen ab und stieg selber in den Tümpel. Ich weiß nicht, was ich da eigentlich wollte, Wasser ist sonst nicht mein Element. Mir wird schon in der Badewanne bang, geschweige denn in solch einer eiskalten, trügerischen Tiefe. Ich kroch auch gleich wieder heraus, saß da und fror erbärmlich und wunderte mich. Schämig wie ich bin, zog ich das Hemd wieder über den Kopf, aber ich hatte meine Gespielin vielleicht doch schon zu sehr erschreckt. An diesem Tag wollte sie mich nicht mehr sehen.

Das ging so mit uns beiden den Sommer hindurch. Ich hütete mein Geheimnis und ertrug das Gespött im Hause, wenn ich mit der Angel auszog. Petri Heil? Nein, Petri Dank, ich hatte keinen Fisch im Netz, wenn ich heimkehrte.

Inzwischen war Krieg ausgebrochen, er griff nach mir, und ich mußte alles verlassen, was mir lieb war. Aber das Glück behütete mich und das Meine, ich fand nachher das meiste wieder. Auch an dem Tümpel stand ich lange, mit einer leisen Hoffnung im Herzen. Es regte sich nichts mehr darin. Jemand hatte eine Handgranate hineingeworfen, ein fremder Soldat.

MEIN WERKZEUG verwahre ich wohlgeordnet in einem lärchenen Schrank. Es ist meine stille und schon ein bißchen wehmütige Freude, ab und zu die Türen zu öffnen und zu betrachten, was da an Kräften aufgespeichert ruht, an roher Gewalt und auch an geschmeidiger Glätte für ein sanftes Bemühen. Ich denke weit zurück an ein schwarzes Kistchen, das ich einmal besaß. Es enthielt allerdings nur rostige Nägel und einen Hammer, den mir der Vater geschenkt hatte. Dieses Ding lag ungeheuer schwer in meiner Faust, ich ging damit umher, zertrümmerte Felsen und klopfte den Verputz von den Hauswänden, tatenträchtig wie einer von den alten Göttern, nur daß mir mein Wirken lauter Maulschellen eintrug. Als ich entdeckte, daß man mit dem gespaltenen Schwanz des Hammers Nägel herausziehen konnte, wurde ich zu einem guten Klopfgeist, der überall Gerechtigkeit übte, indem er die

Nägel aus den neuen Zäunen der Reichen riß, um die morschen und verrotteten der Armen damit zu flicken. Mit der Zeit gewann ich dann noch einiges dazu, eine richtige Zange, einen Zollstab und ein Stemmeisen. Der Vater hatte Gefallen an meinem Eifer, wohl auch ein wenig Sorge, wenn er mich so unbekümmert mit scharfen Schneiden hantieren sah. Er versuchte, mich in die Lehre zu nehmen, aber ich hielt nicht viel von seinen eigenen Fähigkeiten, er verfuhr mir zu langsam und zu umständlich. Es gab keine Arbeit, die ihn jemals verdroß. Stundenlang konnte er auf dem Zimmerplatz vor einem riesigen Lärchenbloch stehen, er betrachtete und beklopfte ihn, dann drehte er das Ungetüm und beklopfte es von neuem auf der anderen Seite, ehe er sich endlich daraufsetzte, um die Höhlung für einen Brunnentrog herauszuhauen. Wenn er tausendmal zuschlug, traf er tausendmal genau, auch das wurde mir bald langweilig. Mit ihm arbeiteten zwei Gehilfen, die ich nicht sah, nicht einmal dem Namen nach kannte, Sorgfalt und Geduld. Das Werk-

zeug der Geduld aber ist wiederum die Zeit, die wie eine brave Henne alles ausbrütet, was man ihr unterschiebt.
Später, als meine Schuljahre zu Ende gingen, sollte ich selber bei einem Meister in die Lehre kommen. Für das väterliche Handwerk eines Zimmermanns war ich zu schmächtig, die Mutter dachte an ein feineres, ein seßhafteres Gewerbe, das meinen unruhigen Sinn ein wenig dämpfen konnte. Deshalb führte sie mich, sauber herausgeputzt, zum Uhrmacher und fragte ihn, ob ihm ihr Sohn wohl als Lehrling zu Gesicht stünde. Der Alte musterte mich eine Weile, dann nahm er ein winziges Zänglein vom Werktisch und zog mir damit ein einzelnes Haar aus dem Schopf. „Nimm es", sagte er, „und mach mir einen Knoten hinein." Das wäre weiter kein Kunststück gewesen, aber ich brachte die Schlinge doch nicht zustande. Meine Finger zitterten zu sehr, weil ich vor langem einmal den Schaukasten des Meisters mit meinem Hammer ausgebessert hatte. Es fehlte damals wirklich ein Nagel am Scharnier, nur eben kein so dik-

ker, daß die Scheibe davon zerspringen mußte. Ein dreibeiniger Schemel, meinte der Meister bedeutsam, ein Schusterhammer werde wohl besser für mich passen.
Ich bin also kein Uhrmacher geworden, auch kein Schuster, eigentlich überhaupt nichts, wenn ich es streng nehme. Das ist mein heimlicher Kummer geblieben, denn alles Werkzeug war mir zeitlebens auf eine rätselhafte Weise gefügig. Immer habe ich, neben einem Dutzend anderer Dinge, eine kleine Zange in der Hosentasche. Unterwegs auf Reisen, wenn ich stundenlang in den Zügen sitze, kann ich Wunder damit wirken, denn alles, was die Leute heutzutage mit sich herumschleppen, ist ja von einer erbarmungswürdigen Hinfälligkeit. Ich vermag Puppen zu heilen, die an Schlaflosigkeit dahinsiechen. Regenschirme flicke ich, Bügel und Schlösser an den Handtaschen der Damen, und dafür würde ich unzählige Küsse ernten, wenn ich noch so kußfreudig wäre wie früher einmal.
Inzwischen habe ich mich natürlich auch mit einigen Maschinen anfreunden müs-

sen, aber meine Liebe gehört noch immer dem einfachen Werkzeug, das ich dem Wort nach handhaben kann. Solch ein Ding ist ein Teil meiner selbst, es tut nichts ohne meinen Willen und das Richtige nur, wenn ich es behutsam und verständig führe. Einer von diesen neuen Bohrern hingegen, was man ihm auch zu beißen gibt, Eisen oder Holz, er frißt sich durch mit einer knirschenden Wut, und das Bohrmehl speit er um sich. Seine Arbeit tut er schnell und genau, versteht sich, aber, wie soll ich es sagen, das Loch, das er macht, ist nur entstanden, nicht geworden. Wenn der Vater eine Brunnenröhre bohrte, dann kam das Loch selber zutage, ein glatter Zapfen, aus dem sich leicht ein Schiffchen machen ließ oder eine Kuh mit Horn und Schwanz.

Gleichviel, das Geld sitzt mir locker in der Tasche, sooft ich vor einen Werkzeugladen gerate. Erst unlängst erstand ich einen Bolzenschneider. Er gefiel mir auf den ersten Blick, weil er wie ein großer magerer Papagei aussah, jetzt hat er sich im Schrank an einer Leiste festgebissen. Der Verkäufer erklärte mir, dieses Wesen könne mit seinem Schnabel fingerdicke Eisenstäbe wie Strohhalme durchschneiden, aber auch er wußte nicht zu sagen, wozu. Möglich, daß ich einmal Nutzen davon hätte, wenn ich im Gefängnis säße. Nur dürfte ich wahrscheinlich dorthin meinen Papagei nicht mitnehmen.

Ernsthafte Leute werden sagen, daß ich da wieder lauter müßiges Zeug geschwätzt habe. Ich gebe es zu und weiß nichts einzuwenden, außer daß unter allen denkbaren Irrtümern die Wahrheit am leichtesten zu widerlegen ist.

MEIN BAD ist ein Traum, den ich schon immer träumte, ein fernes, freundliches Wunschbild in guten und schlechten Zeiten. Aber im letzten Frühjahr geschah es, daß ich nachts plötzlich aus dem Schlaf fuhr, ein Geräusch hatte mich geweckt, ein Gepolter. Ich saß benommen im Bett und überlegte, ob es draußen auf der Tenne etwas gab, was von selber poltern konnte und mich damit der Pflicht enthob, ihm gegenüberzutreten. Ein Held bin ich nur, wenn mir durchaus nichts anderes übrigbleibt, und bisher blieb mir noch immer etwas anderes übrig. Ein Gedanke zum Beispiel wie der, daß alles Unheil eine verkehrte Perspektive hat, es erscheint groß von weitem und schrumpft zusammen in der Nähe. So kann ein Räuber zu einer mausenden Katze werden, und diese Möglichkeit genügt dann auch für einen entschlossenen Menschen, beruhigt wieder einzuschlafen.

Leider zeigte sich diesmal am Morgen,

daß das Unheil inzwischen von neuem gewachsen war. Mein Haus steht an der Kante eines tiefen Grabens. Nun waren an der Rückwand etliche Bretter herausgebrochen, und durch dieses Maul hatte die Tenne einen Stapel Brennholz über den Abgang gespien. Ich ging also in das Dorf zu den Zimmerleuten, um mir einen auszusuchen, der den Schaden flicken konnte, ohne dabei den Hals zu brechen. Dieser Mensch kletterte überall im Dachstuhl herum, das Loch beschäftigte ihn weniger, dafür untersuchte er das ganze Bundwerk und die Sparren bis zum First hinauf. Ich weiß nicht genau, wie es zuging, jedenfalls zog er irgendwo an einem Brett, und sogleich prasselte eine Lawine von Schindeln und Schwersteinen auf mich herunter. Ich wühlte mich aus dem Schutt, mit Staub und Moder auf dem Haupt, wie es sich gehört, wenn man plötzlich dem blanken Himmel gegenübersteht. Fürs erste genügte mir der Schrekken, wir gingen in die Schenke, um die Sache zu beraten. Nach der zweiten Flasche tat der Zimmermann den Mund auf—wenn dir etwas von oben auf den Kopf fällt, sagte er, mußt du unten nachschauen. Kurzum, es lag an den Grundmauern. Sie wankten oder was immer, ich war daran, mit meiner ganzen Habe in die Tiefe zu fahren.

Also mußte ich mir einen Haufen von Taglöhnern im Armenhaus zusammensuchen, lauter alte Knochen, bärtig und glatzig wie die zwölf Apostel, und auch so schwer von Begriff. Eine Woche lang schaufelten sie und zogen einen tiefen Graben rings um meine Heimstatt. Aber die Grundmauer fanden sie nicht, das ganze Haus stand auf der bloßen Erde. Der es einst baute, dachte wohl, was man nicht sehen könne, sei so gut wie vorhanden. Der Gedanke, daß mein ganzes Besitztum grundlos war, ein Spiel der Winde gewissermaßen, diese Vorstellung erschütterte mich, ich war sogleich bereit, mich auf ein unabsehbares Abenteuer einzulassen. Die Zimmerleute legten Hand an, sie setzten das Dach auf vier Säulen und rissen zu Boden, was darunter war. Ich flüchtete in meine vordere Stube, diese letzten vier

Wände wenigstens wollte ich halten oder auf den Trümmern fallen. Draußen war Lärm und Gewölk, das Krachen und Splittern des Untergangs. Durch Mauerrisse strömten aufgescheuchte Ameisenvölker zu mir herein, ängstliche Mäuse huschten umher und suchten, wo sie das berstende Haus verlassen könnten, und mit ihnen kam eine Unmenge von Flöhen, die ihrerseits wieder die Mäuse verließen.

Dann regnete es, mit einemmal war unheimliche Stille um mich her, tagelang. Aber ich hatte ja nur Ungeziefer in meiner Arche, keine Taube, die ich ausschikken konnte, um Trost zu suchen. Und als die Sonne wieder schien, brachte auch sie nur eine neue Plage, eine Schar von Maurern mit ihren Handlangern. Nichts an unserer neuen Zeit scheint mir so neu zu sein wie der Lärm, den sie macht. Die Maurer richteten sich offenbar für eine langwierige Belagerung ein, ihre Knechte schleppten einen Berg von Ziegeln und Steinen heran. Dann fuhren sie eine Maschine vor meinem Fenster auf, ein weitmäuliges Geschütz dem Ansehen nach, das luden sie mit Sand und grauem Pulver. Aber sie schossen nicht, sie kochten nur einen Brei in ihrer Kanone. Maurer sind ja im Grund friedliche Leute, voll eines unwandelbaren Gottvertrauens. Sie scheinen zu glauben, daß jede Mauer ganz von selber emporwachsen würde, wenn man ihr nur genug Zeit dazu ließe.

Ein paar Tage später, als ich, taub vom Lärm und blind vom Staub, in meiner Stube saß, trat der Polier herein. Er nahm sogar die Mütze ab und erklärte feierlich, daß seine Leute die Grundmauer mit Fleiß und Gottes Hilfe, hauptsächlich aber im Hinblick auf ein Faß Bier vollendet hätten. Nunmehr sei es an mir, zu bestimmen, was ich daraufstellen wolle.

Gut, zunächst einmal das, was vom Haus noch übriggeblieben war. Allein, ich mußte auch an die Rückseite denken, wo ich nichts mehr besaß außer Sturm und Wetter. Meine Phantasie entzündete sich an diesem Nichts. Obendrein spielte mir das Glück, immer zu Späßen aufgelegt, plötzlich eine Menge Geld in die Hand. Mit wenig Geld bin ich mein Lebtag gut ausgekommen,

viel Geld hingegen bringt mich um den Verstand. Du kommst in die Jahre, überlegte ich. Jetzt bist du noch munter und unverzagt, aber deine guten Seiten sind bei weitem nicht so unverwüstlich wie deine schlechten. Deshalb solltest du für die Tage der Hinfälligkeit vorsorgen und dich zu ebener Erde einrichten, denn was über dir ist, wirst du bald nicht mehr erreichen. Baue dir eine Kammer, in der du schlafen kannst, und laß ein Fenster in die Wand brechen. Das Sinnieren brauchst du nicht aufzugeben, aber nebenbei wirst du in das geliebte Tal hinausschauen und leidlich deinen Frieden haben. Vielleicht bist du auch lahm und gichtbrüchig im Alter, sei nicht sorglos. Es wird dir guttun, ein warmes Bad zu haben und allerlei Gerät, das dich nicht zu einem Abscheu werden läßt.
So dachte ich und saß in den Nächten, zeichnete und rechnete, aber das Wichtigste vergaß ich, die Einsicht, daß unerfüllte Wünsche in der Regel ersparte Torheiten sind.
Jetzt ist längst alles getan und wieder Ruhe im Haus. Mein Bad, höre ich, ist ein

Wunder an blanker Pracht, blitzend von Nickel und mit künstlichem Elfenbein ausgelegt, selber war ich noch nicht dort. Ich bleibe vorläufig doch lieber bei meinem Holzzuber in der Waschküche. Nur erlesene Besucher dürfen gelegentlich einen Blick auf die neue Herrlichkeit werfen, wenn sie sich aller Gelüste entschlagen, sie auch zu benützen. Denn das ginge zu weit, wohin käme man, wenn man der Zugänglichkeit keine Grenzen setzte. Hier wie überhaupt: ich will ja gern meinen Nächsten lieben, aber doch nicht den Nächstbesten.

Mein Engel wanderte geraume Zeit durch alle Stuben des Hauses, er nistete in der Werkstatt für eine Weile, sogar in der Dachkammer, bis er sich endlich für einen Haken über meinem Büchergestell entschied. Dort hängt er seither, hängt nicht, sondern schwebt als ein heiterer Geist über der papierenen Flut, und wenn ich schlechte Laune habe, brauche ich nur seitlich an den Tisch zu treten, dann schaue ich in sein vergnügtes Bubengesicht und bin gleich selber wieder vergnügt. Der Größe nach hielte man ihn für dreijährig, aber kundige Leute meinen, zweihundert Jahre seien das mindeste für sein Alter. Das ist natürlich nur eine gelehrte Ketzerei; recht betrachtet, läßt sich ein Engelsleben überhaupt nicht abschätzen. Wie er jetzt aussieht, könnte er zur Gilde der Schutzengel gehört haben. Vielleicht war er sogar mein eigener, ehe wir uns leiblich zusammenfanden, und dann hätte ich es ihm zu danken, daß ich in zwei Kriegen mitlaufen durfte, ohne jemanden umzubringen. Er selber ist freilich weniger gut davongekommen, einarmig und flügellahm und nur noch mit einem Fetzen für das Nötigste bekleidet.

Dieser mein heruntergekommener Engel hat aber doch eine Freundin hier im Dorf, ein zierliches kleines Mädchen, Therese mit Namen. Sie ist die Tochter des Wachtmeisters. Manchmal klopft sie an mein Fenster und bringt Blumen für den Engel. Sie setzt sich mit Anstand hin und schaut argwöhnisch zu, wie ich nach einem passenden Topf suche und ihr ganzes wirres Grünzeug ins Wasser stecke. Zufrieden ist sie erst, wenn ich auch noch die Kritik der reinen Vernunft in zwei Bänden vom Bücherbrett räume und den Strauß in die Lücke stelle, ihrem Freund zu Füßen.

Mich mag Therese nicht besonders gut leiden, ich fürchte, sie verdächtigt mich heimlich, daß ich den Engel selber eingefangen und dabei so jämmerlich zugerichtet habe. Es ist mir durchaus nicht einerlei, was Therese über mich denkt. Bei Erwachsenen ist es anders, was einer von mir hält, daran erkenne ich ihn. Aber vor Kindern werde ich leicht ängstlich und unsicher, sie kennen die Regeln unseres Lügenspiels noch nicht, und ihre Einfalt lüftet unbesorgt jeden Schleier und jede Maske. Was aber bin ich ohne Maske? Für die menschenfreundliche Kunst des Täuschens braucht man Erfahrung, weiter nichts, nicht einmal ein gutes Gedächtnis, denn eine Lüge, die man sich merken müßte, wäre eine schlechte Lüge. Bei Therese liegt die Schwierigkeit darin, daß sie nichts von dem glaubt, was ich meinen übrigen Besuchern ohne Umstände zumuten darf. Ein Gespräch mit ihr ist immer ein Verhör; das hat sie wohl von ihrem Vater. Deshalb muß ich jedesmal meine ganze Findigkeit zusammennehmen, um so zu lügen, daß alles wahr ist, was ich sage und was mir aus diesem Grund wiederum sonst niemand glauben würde. Eine verwickelte Sache, weiß Gott, besonders, wenn ich antworten muß, während mir etwas ganz anderes durch den Kopf geht. Therese will wissen, ob jeder Mensch einen Schutzengel hat. „Gewiß, mein

Kind", sage ich zerstreut, „jeder hat einen."

„Immer?"

„Ja, immer."

„Auch der Scherenschleifer?"

Das muß nun überlegt werden, nicht weil ich dem Schleifer etwa keinen Schutzgeist gönne, sondern weil ich nicht weiß, wo mein Gast hinauswill. „Höre, Therese, es steht geschrieben, daß der Himmel gähnt, wenn neunundneunzig Gerechte kommen, und daß er jubelt, wenn sich einmal ein Sünder einfindet. Wir verstehen das nicht, obwohl es uns freut, und es gehört auch nicht hieher, aber laß den Schleifer!"

„War sein Engel auch dabei", fragt Therese kühläugig, „als er den Opferstock in der Kirche ausraubte?"

„Ich glaube nicht, nein. Vielleicht war der Engel müde, das versteht man doch. Den ganzen Tag unterwegs, und oft mußte er auch noch an dem schweren Karren mitschieben, damit der Schleifer nicht in einem fort fluchte. Und da steht doch ein Weidenbaum vor der Kirche, alle Engel sitzen so gern in einem Weidenbaum, am

liebsten ganz weit draußen auf den dünnsten Ästen. Da wollte der Engel eben auch einmal ein wenig schaukeln, er war ja noch klein, viel zu klein für so einen groben Kerl, und er dachte auch, wenn der Schleifer ohnehin in die Kirche ging, dann brauchte er ihn solange nicht."

Therese nickt ergriffen. „Aber . . ."

„Was, aber?"

„Dann sitzt er ja jetzt!"

„Wer sitzt?"

„Der Schutzengel. Weil sie doch den Schleifer eingesperrt haben."

„Wieso denn", sage ich und kann eben noch den Teufel mit dem Kuckuck vertauschen, „wieso denn, zum Kuckuck?"

Ich muß jetzt ein Geheimnis verraten, Therese gelobt mir in die Hand, es niemandem zu sagen, und sie tut es auch nicht, sie ist keine solche Plaudertasche wie ich. Nach dieser argen Geschichte mit dem Opferstock durfte der Engel natürlich nicht mehr Schutzengel bleiben, er hätte in den Himmel zurückkommen müssen. Vielleicht würde ihm der liebe Gott auch alles verziehen haben, er weiß, wie

hinterlistig die Leute sind. Aber da waren ja auch die anderen Engel alle, die hätten sogleich die Köpfe zusammengesteckt. Er hat nicht achtgegeben, hätten sie geflüstert, im Weidenbaum hat er gesessen, nein, so etwas! Und da ist der Schleiferengel aus lauter Scham und Angst einfach davongelaufen.
„Geflogen", sagt Therese.
„Meinetwegen, geflogen", sage ich, „jedenfalls, er verschwand." Therese schweigt. Sie kaut an ihrer Oberlippe, wie der Wachtmeister an seinem Schnurrbart kaut, wenn er etwas verdächtig findet. „Und wo ist er jetzt?"
Da spiele ich meinen besten Trumpf aus. „Hier ist er", sage ich an ihrem Ohr, „hier an der Wand!"
Therese kaut nicht mehr, ihr Mäulchen steht weit offen.
„Ach", sagt sie, „ist er beim Fenster hereingekommen?"
„Nein", erkläre ich. „Das war ganz anders, laß mich nachdenken. Einmal ging ich in die Stadt in ein Geschäft, ich kaufe gern alte Sachen, Therese, weil sie mir so leid

tun, wenn sie niemand mehr haben will. Der Laden war ganz dunkel, es roch nach staubigen Schuhen und nach Ratten, und ganz hinten, im finstersten Winkel, da fand ich ihn, da lag er in einem zerbrochenen Schaff, glaubst du es? Ja, aber nun mußte ich sehr schlau sein.
‚Hören Sie', sagte ich zu dem Mann, ‚ich möchte ganz gern einen Engel haben, einen kleineren.'
‚Engel?' sagte er, ‚Engel führe ich nicht.'
‚Aber da liegt doch einer!' sagte ich.
‚Wahrhaftig — wie ist der bloß hereingekommen?'
Da kaufte ich schnell noch eine Hose dazu, damit ich den Engel einwickeln konnte. — ‚Was soll er denn kosten?' fragte ich.
‚Der kostet nichts', sagte der Händler, ‚wenn Sie die Hose nehmen.'
So war es, und seither wohnt der Engel bei mir."
„Aber dann mußt du ihn doch verstekken", meint Therese. „Schaut denn der liebe Gott nie bei dir herein?"
„Doch", sage ich, „manchmal. Vielleicht. Aber er ist gut, Kind, er macht oft die

Augen zu, wenn er etwas sieht, was er nicht sehen soll."

„Was denn zum Beispiel?"

„Zum Beispiel die Kirschen, die du gestern von meinem Baum genommen hast — gehst du schon, Therese?"

MEIN TALISMAN ist ein Stück Bernstein, anfangs hatte es die Größe und Gestalt eines Taubeneies, aber in meiner Hosentasche ist es nach und nach ein wenig kleiner geworden. Auch diesen Stein bekam ich von einem Trödler geschenkt. Das habe ich in mehr als vierzig Jahren nicht vergessen, denn es war Winter, der erste, den ich allein in der Stadt überleben mußte. So sehr ich mit meinen mitgebrachten Kreuzern haushielt, sie schwanden doch dahin, zuletzt auch die drei eingenähten Silberkronen im Hosenboden. Ich saß auf dem Strohsack in meiner fensterlosen Kammer, unmenschlich hungrig, und wagte nicht einmal zu weinen, aus Angst vor der alten Frau, die in der Küche rumorte und keifte, und vor ihrem buckligen Sohn, der mit den Stiefeln nach mir stieß, sooft er mich gewahrte. Und da, in der trostlosesten Verlassenheit, überkam mich eine Erleuchtung. Ich besaß ja noch einen Mantel, den

ich verkaufen konnte. Die Mutter hatte ihn kunstvoll aus einer Bettdecke genäht, ein stattliches und warmes Stück. Um ihn zu schonen, trug ich ihn nur selten, obwohl mich grausam fror, aber wenn ich nun einfach meine beiden Hemden übereinanderzog, brauchte ich ihn vielleicht überhaupt nicht mehr.
Der Trödler hieß Lewi, er hatte seinen Laden in einem dämmrigen Winkel der Altstadt, jetzt verkauft dort jemand Kühlschränke und dergleichen Zeug. Der bärtige Mann besah meinen Mantel und prüfte alle Nähte, er besah auch mich über die Brille weg. — „Nein", sagte er, „das ist nichts, Gott behüte, das nimmt mir niemand ab." Aber er wollte den Mantel als Pfand behalten und drei Gulden darauf leihen, keinen Kreuzer darüber.
Das war nun ein betäubendes Glück, drei Gulden, und für nichts als ein Pfand! O Gott, ich konnte ja jeden Tag in den Laden gehen und meinen Mantel befühlen, und wenn ich je die Mutter wiedersehen durfte, dann brauchte ich nicht zu beichten, daß ich ihr Bestes vergeudet hatte.

Sie würde auch nicht erfahren, daß ich um alles betrogen wurde, was sie im voraus für mich bezahlen mußte, das Bett und das Essen, daß ich wie ein Landstreicher lebte, obwohl ich ihr beim Abschied geschworen hatte, ein braver Mensch zu bleiben.

Als ich benommen mit dem Geld in der Faust weglaufen wollte, streifte ich eine Schachtel mit Knöpfen vom Stuhl, ich suchte den Plunder wieder zusammen und fand jenen Stein darunter. „Den wirf weg!" sagte der Trödler, aber ich steckte ihn ein. Er sollte mich immer daran mahnen, daß ich nun bis zum Hals verschuldet war und drei Gulden sparen mußte.

Seltsam, dieses Ding in der Tasche machte mir Mut, als hätte das Glück ein Ei in meine Hosentasche gelegt. Nicht, daß ich so keck geworden wäre, beim Bäcker einen Wecken zu erbetteln, ich stand wie sonst stumm und unbeholfen am Ladentisch, nur drehte ich jetzt den Stein zwischen den Fingern, schwitzend vor Angst, daß ich doch einen Gulden würde anbrechen müssen. Und plötzlich reichte mir die

Bäckerin einen ganzen Brotlaib herüber. — „Ist schon gut", sagte sie.

Allmählich verwandelte sich der Stein und zeigte seine Wunderkraft auch von außen. Er lag mir glatt und kühl in der Hand, und wenn man ihn gegen die Sonne hielt, zitterte ein goldenes Licht in seinem Innern. Am wunderbarsten aber war, daß man mitten im Stein zwei Mücken schweben sah. In meiner Einfalt schienen sie mir verzauberte Wesen zu sein, unerlöste Seelen vielleicht, die mir die Macht gaben, selber Wunder zu wirken. Ganz bin ich auch heute noch nicht von diesem Wahn geheilt, und weit öfter, als es der Zufall erlaubte, behalte ich recht.

Abergläubisch war ich schon immer, auch das ist ein Erbteil von der Mutter her, und kein schlechtes. Sie kannte eine Menge verläßlicher Vorkehrungen gegen allerlei kleines Ungemach. Hatte sie etwa wieder einmal ihre Brille verlegt, so klemmte sie einen Strumpf unter das Tischbein. Dieser Strumpf war in Wirklichkeit der Schwanz des Teufels, sein empfindlichster Teil, und er war auch jedesmal gleich bereit, sich loszukaufen, indem er das Gesuchte zustande brachte. Manchmal fand die Mutter ihre Brille sogar auf der eigenen Nase wieder.

Derlei handgreifliche Beschwörungen übe ich natürlich nicht mehr aus, ich helfe mir mit weniger auffälligen Kunstgriffen. Niemals würde ich am Freitag eine Reise antreten, und wenn es obendrein der Dreizehnte ist, steige ich überhaupt nicht aus dem Bett. Es mag sein, wie es will, jedenfalls bin ich an einem solchen Tag dagegen gefeit, über eine falsch gestellte Weiche fahren zu müssen oder von morschem Mauerwerk erschlagen zu werden, es fiele denn zu Hause die Stubendecke auf mich herunter, was mir allerdings auch schon widerfahren ist.

Niemand braucht mir zu erklären, das alles sei Unsinn, ich weiß es selber, in meinem gewitzten Kopf. Aber weiter unten in der Herzgegend höre ich eine andere Stimme, die kommt aus unzugänglichen Bereichen, in denen sich unser Dasein vielleicht wirklich abspielen mag. Gewiß, aus der Wahrheit kommt der erlösende Glaube, aus dem Irrtum kommt nur der Wahn. Allein, eben die großen Wahrheiten wirken auf unsere schwachen Augen wie Blendlichter, dahinter verbergen sich uralte Irrtümer. Und wenn ich die Zeitläufe betrachte, weiß ich nicht zu sagen, ob die Regeln der Vernunft sinnvoller sind als die der Unvernunft.

MEINE BANK steht auf einem felsigen Hügel, sie war die erste von den vielen, die ich nach und nach weit herum in der Gegend aufgeschlagen habe. Immer, wenn ich ein paar Pfosten und Bretter zusammensuchte, geschah es, weil ich traurig war. Ein Fehlschlag bedrückte mich, eine Enttäuschung, ich mußte etwas haben, worauf ich mit meinem Kummer sitzen konnte. Jedes fühlende Herz wird erraten, daß eigentlich nur betrogene Liebe einen Menschen so sehr kränken kann, zumal wenn er jung ist und noch nicht weiß, wie leicht Liebe lästig wird, mitunter schon, wenn sie beginnt und immer, wenn sie endet. Es machte mir auch gar nichts aus, wie der Platz für das Grab meiner Schmerzen jeweils beschaffen war. Leute, die sich später auf solch einer Bank niederließen, mögen sich gewundert haben, wie es jemandem einfallen konnte, sie in eine Sandgrube zu stellen oder an die Rückwand eines Heuschobers, wo es nichts zu sehen gab als ein Gestrüpp von Brennnesseln am Zaun. Aber sie saßen dennoch dort, gescheite und dumme Leute, und nie hat sich jemand beklagt. Zum Glück läßt ja ein Verrückter den anderen gelten. Wäre es nicht so, dann könnte kein Weiser den anderen gelten lassen.

Jetzt baue ich keine neuen Bänke mehr, ich bin nur noch unterwegs, um die alten auszubessern. Nicht daß ich weniger anfällig für das gewisse holde Übel wäre, das Glück des Gleichmutes bleibt mir noch immer versagt, obwohl ich es gern gegen alle meine Vorzüge und sogar gegen meine Fehler eintauschen würde. Möglich, daß ich zu sorglos in der Jugend war, ich hätte damals die Äpfel aus dem Wipfel holen sollen, damit mir die unteren für das Alter blieben.

Gleichviel, auf jener Bank unter den drei Birken sitze ich noch heute am liebsten. Ich habe auch einen Tisch davorgestellt und ein Dach darübergebaut, einen Schirm gegen Wetter und bösen Blick. Mondscheinnächte kann ich dort kaum einmal

genießen, die lauen Abendstunden im Frühling oder im Herbst sind den Verliebten vorbehalten. Ich muß jedesmal einen Bogen schlagen und von weit her auf den Hügel spähen, ehe ich es wagen darf, den gewohnten Steig entlangzugehen. Aber ich pfeife und huste ja auch sonst auf meinen Wegen, wo immer ich nach meiner Erfahrung damit rechnen muß, die Liebe aus dem Traum zu scheuchen.
Träume waren auch mein Teil, wenn ich das Glück hatte, auf meiner Bank allein zu bleiben. Dieser Platz hat nie ein lautes Wort gehört, nur Seufzer und Geflüster und verhaltenes Lachen, darum sind wohl auch die Tiere so zutraulich geworden. Ich bin eine unerschöpfliche Quelle der Belustigung für das gefiederte und geschwänzte Volk in den Büschen, vor allem für die Eichkatzen. Ein wenig abseits steht eine Fichte, von dorther plumpsen sie auf das Dach, und dann schauen sie nacheinander vorsichtig über den Rand zu mir herunter, die Büschelohren steil aufgestellt und die Augen so groß wie Blaubeeren. Welch ein Wunder, denken sie

wahrscheinlich, da sitzt ein Mensch, der nicht schießt!

Als ich eines Abends daranging, diese Bank zu zimmern, war ich noch weniger friedfertig, es ist ja auch lange her. Ich hatte selber noch kein volles Jahr im Dorf gelebt, und schon geriet ich in Verwirrung wegen eines Frauenzimmers, das in zwei kurzen Sommerwochen weit herum alles verhexte, was Hosen trug. Dabei war diese Fremde nicht einmal hübsch nach meinem Geschmack, viel zu mager, knabenhaft, wie ich heute sagen würde. Alles an ihr schien mir ungehörig, das wilde Feuer ihres Haares auf den Schultern, der nachlässige Gang und ihr glitzernder Blick. Den besang ich dann in einem Vers, ein klirrendes Licht, schrieb ich, strahle aus ihren Augen.

Mit dem Fischer begann es, der lief umher und erzählte überall, er habe die Fremde am Mühlbach angetroffen, splitternackt, und sie sei keineswegs davongelaufen. Er auch nicht, versteht sich, bis sie ihm einen Stein an den Kopf warf. Wie es im Dorf Brauch ist, ging die Fischerin zum Pfarrer und klagte, ihr Mann sei von Sinnen, er rede unziemlich aus dem Schlaf. Nun wurde der Kaplan in das Wirtshaus geschickt, damit er das Unheil an der Wurzel vertilge. Aber das Unheil kam dem zornroten Mann schon auf der Treppe entgegen, es geleitete ihn durch das Dorf bis zum Pfarrhof, und da war es schon nicht mehr Zorn, was den jungen Herrn unter der Tür noch einmal erröten ließ. Nicht genug, am Abend tanzten die Burschen in der Schenke, und die Fremde tanzte auch. Sie hätte der Reihe nach jeden genommen, wären nicht schon die ersten drei aneinandergeraten, zuerst unter sich und dann mit den übrigen, die noch auf ihre Gelegenheit warteten. Am Morgen nach der Schlacht gürtete sich der Wachtmeister mit dem Säbel, und die Leute liefen zusammen, um zuzuschauen, wie nun der fremde Vogel in den Käfig gesperrt wurde. Es geschah aber nichts. Der Wachtmeister hatte etwas Verklärtes um den Schnurrbart, als er herunterkam und fragte, was es da zu gaffen gäbe.

Ich für meinen Teil gewahrte das alles

nur von weitem, auch mir fraß eine gefährliche Glut am Herzen. In meiner Not schrieb ich jenes Gedicht, der Briefträger ließ sich leicht bestechen. Zwei Tage wartete ich zwischen Hoffen und Verzagen, und jeden Abend sah ich die Fremde allein auf dem Hügel. Da faßte ich einen verzweifelten Mut, ich baute die Bank, und dann setzte ich mich darauf.

Die Rätselvolle kam auch wirklich wieder, sie rückte ohne Umstände an meine Seite. Lange schwiegen wir, die Verlegenheit erwürgte mich beinahe. Auch Achill hat Augenblicke erlebt, in denen er nur aus einer Ferse bestand. „Ein schöner Ort", bemerkte ich rauh, „die Birken und die Aussicht! Ja, und nun hätte ich vorhin diese Bank gemacht . . ."

„Schade", sagte das Mädchen.

Aber es sei doch bequemer, meinte ich.

„Eben!" sagte sie.

Und mein Gedicht? Durfte ich fragen, ob es ihr gefallen habe? Doch, sagte sie, sie finde es eigenartig. Bisher habe sie gar nicht gewußt, daß sie mit den Augen klirren konnte. Aber eigentlich mache sie sich

nicht viel aus Versen, Geschichten hörte sie lieber. Ob ich wohl eine für sie aufschreiben würde?
„Ja", sagte ich hingerissen, „tausend Geschichten!"
Die Nacht hindurch saß ich daheim und schrieb, lief umher und schrieb wieder. Von einer Wiese wollte ich erzählen, von Kräutern und Getier und von einem Mädchen natürlich. Bilder standen vor mir auf, nichts war zu kostbar, Mond und Sterne, ich konnte den Reichtum kaum bewältigen. Ein guter Einfall ist ja wie ein Hahn am Morgen, gleich krähen andere Hähne mit.
Immer zur gleichen Stunde in der ersten Dämmerung fand ich die Fremde auf unserer Bank, ich las ihr vor, und sie hörte geduldig zu. Ach, wie selig war ich, wenn sie lachte, seliger noch, wenn Rührung ihren Mund verschloß, dann war sie schön. So trieb ich es eine Weile, und nun wollte ich meine Geschichte zu Ende bringen. Diesen Schluß, dachte ich, mußt du mit aller Sorgfalt und Schläue zu einer versteckten Schlinge knoten. Das gelang mir

auch vortrefflich, viel zu gut. An diesem letzten Abend kam die Fremde nicht mehr, es lag nur ein Strauß von Feldblumen auf der Bank.

Das tat bitter weh, ich nahm mir vor, so rasch wie möglich zu sterben. Aber nach einer kleinen Weile war ich schon wieder froh, daß ich doch nicht sterben mußte. Wir hängen alle an der Schnur eines Pendels. Wenn es abwärts schwingt, muß man nicht gleich denken, der Faden sei gerissen.

Nur jene Schlinge habe ich aus meiner Geschichte gelöst, und den Strauß nahm ich dafür hinein, mit ein bißchen Herzweh beträufelt.

Übrigens, Sabine hieß das fremde Mädchen.

MEIN STOCK hängt an einer Lederschlaufe neben der Tür. Viele Stöcke hängen da, denn ich komme selten einmal von einer Reise zurück, ohne einen tüchtigen Stecken mitzubringen, den ich mir irgendwo unterwegs geschnitten habe. Es weht mich warm und würzig an, wenn ich einen wieder in die Hand nehme. — Tessin! denke ich. Eicheln regnet es um mich her wie in den alten Wäldern an der Aller, oder es faucht mir ein feuchter Wind entgegen, und das muß an westlichen Küsten gewesen sein; dieser Stock ist aus dem Sanddorn geschnitzt. Die meisten meiner Prügel büße ich ja bald wieder ein, sie sind zu handlich für allerlei Geschäfte im Haus, um damit in verstopften Rohren herumzustochern, und manchmal werfe ich auch selber einen hinter den Buben her, wenn sie im Garten den Vogelnestern nachtrachten.

Die Stocksucht ist erblich in meiner Familie. Der Stecken meiner Großmutter war lang wie ein Besenstiel, sie schwang sich damit beidhändig über Gräben und Zäune, aber ich will nicht übertreiben. Meine Leute sind ja alle Wandersleute gewesen, und auch das Bild des Vaters kann ich mir nicht gegenwärtig machen ohne den braunen Weichselstock in seiner Linken. Obendrein war er ein Meister in der Kunst, dieses knotige Ding zu handhaben, es grenzte an Hexerei, was der sonst eher schwerfällige Mann mit seinem stummen Gefährten anstellte. Nicht nur, daß er im Schwung die kunstreichsten Figuren in die Luft zeichnete, er drehte ihn auch zwischen zwei Fingern wie ein wirbelndes Speichenrad, oder er stieß den Stock so auf ein hartes Pflaster, daß er ganz allein noch ein Stückchen vor ihm her hüpfte. An Sonntagen, wenn er seine Familie schön angetan auf die Promenade führen mußte, schalt ihn die Mutter oft aus. Er sollte doch den Stock über den Arm hängen, meinte sie, wie sonst ein ansehnlicher Mann. Das tat er denn auch willig, aber wenn sich die Mutter zufrie-

den an seine Seite gesellte, hatte er ihn doch plötzlich wieder auf der Fingerspitze stehen, er konnte es nicht lassen.
Der Stock, von dem ich eigentlich reden wollte, der mit der Lederschlaufe, kam auf seltsame Weise in meinen Besitz, es ist keine rühmliche Geschichte.
Einmal im Winter, an einem stürmischen Abend, klopfte es noch an der Tür. In solchen Zeiten lasse ich gern das Licht vor dem Haus brennen, damit mir die Nacht nicht zu nah an die Fenster kommt. Nun ging ich also verdrossen, um nach diesem späten Gast zu sehen. Der Wind riß mir gleich die Klinke aus der Hand, Treibschnee fegte in den Flur, ein verteufeltes Wetter. Draußen stand ein alter Mann auf den Stufen, ich kannte ihn. Er kam oft vorüber, klopfte und hielt mir die Hand entgegen. Nie sagte er ein Wort des Grußes oder des Dankes, er sah mich nur an mit seinen wässerigen Trinkeraugen, und ich gab ihm, was mir eben einfiel, ein Endchen Wurst oder etliche Groschen aus der Hosentasche. Über der Schulter trug er einen Stock und daran hing ein Sack, aber was

mich jetzt ärgerte, war sein kahler Kopf, es lag ihm wahrhaftig schon Schnee auf dem Schädel. Da nahm ich meine wollene Haube vom Haken, ein wenig schwankte der Alte, als ich ihm die Mütze über die Ohren zog, und dann ging er wortlos davon, wie die leibhaftigen guten Werke.

Das aber war der Augenblick, in dem ich mich hätte besinnen müssen. Ich hätte an die rückwärtige Kammer denken sollen, o ja, ich dachte auch daran. Dort stand ein leeres Bett bereit, Tisch und Stuhl für einen Gast, und es war warm und behaglich in dieser Stube. Es gab auch noch Suppe in der Küche, oder ein Butterbrot, und eine halbe Flasche Bier auf dem Fensterbrett. Aber zugleich dachte ich an mein sauberes Haus, und daß dieser Kerl hereintappen würde, naß und dreckig und weithin nach Branntwein stinkend. Wie er seine Fetzen auf den gewachsten Boden fallen ließe und unter das frische Leintuch kröche, mitsamt seinem Grind und seinen Läusen. Und da schlug ich die Tür zu und ließ das ganze Unbehagen draußen, Sturm und Kälte und alles miteinander.

Zwei Tage später kam der Totengräber und zeigte mir einen Stock, eine großartige Arbeit, aus Nußbaumholz geschnitzt. Den Knauf bildete ein bärtiger Kopf, und auch aus den Astknoten sahen lauter Gesichter, alle mit offenen Mündern, als schrien sie aus dem Holz.
Ob ich das Ding etwa kaufen wolle? fragte der Mann. Er habe nun doch diesen Alten eingraben müssen, diesen Josef, eine Schinderei in dem gefrorenen Boden, und nichts dafür zu lösen. Gut, ich nahm den Stecken für ein anständiges Geld. „Mach ihm auch ein Kreuz auf das Grab", sagte ich. „Wann ist er denn gestorben?"
„Gestorben eigentlich nicht", sagte der Totengräber, „erfroren."
Ich muß noch etwas hinzufügen, nur für mich, es soll niemanden beschweren: Das Böse, das wir tun, wird uns Gott vielleicht verzeihen. Aber unverziehen bleibt das Gute, das wir nicht getan haben.

# INHALT